N&K

Kurt Marti

Leichenreden

Mit einem Vorwort
von Peter Bichsel

Nagel & Kimche

4 5 6 7 8 19 18 17 16 15

Der Verlag dankt dem Kanton Bern für die
freundliche Unterstützung dieser Neuausgabe.

Umschlaggestaltung: Hauptmann und Kampa
unter Verwendung eines Details aus «Die Seligen»
aus dem Tympanon mit dem jüngsten Gericht
(Hauptportal des Berner Münsters),
Eidg. Archiv für Denkmalpflege Bern, EAD EB 141411
Herstellung: Meike Harms & Hanne Koblischka
Satz: Satz für Satz. Barbara Reischmann
Druck und Bindung: Friedrich Pustet
Printed in Germany
www.nagel-kimche.ch
ISBN 978-3-312-00277-1

Vorwort

Eine private Runde in Frankfurt, 1967: Ein junger deutscher Literaturkritiker sprach begeistert von Kurt Martis Gedichten in Berner Mundart. Er hatte das Buch mit – «rosa loui» –, und er begann vorzulesen. Ich reagierte darauf so, wie Schweizer immer reagieren: beleidigt. Denn das, was er hier vorlas, hatte mit unseren Mundarten nun gar nichts zu tun. Trotzdem, ich war müde genug, zuzuhören, und die neue Sprache, die hier aus einem Mißverständnis heraus entstanden war, begann mich zu faszinieren. Sie bewegte sich am Rande der Unverständlichkeit, in der Gegend von dadaistischen Gedichten. Sie verloren so ihren Inhalt und waren nur noch Sprache.

Ich nehme an, daß ich das damals schon wußte: Kurt Marti ist ein Mann der Sprache, aber es wurde mir bei jener mißverständlichen und unverständlichen Lesung wie selten zuvor bewußt. Kurt Marti ist ein viel abstrakterer Autor, als seine Sätze erahnen lassen: ein konkreter Lyriker? ein L'art pour l'art-Autor? ein Dadaist? All das trifft auf ihn nicht zu, berührt ihn aber an den Rändern.

Kurt Marti war Pfarrer. Seine Leserinnen und Leser wissen das. Und Autoren haben eine Herkunft, sie kommen aus der Armut oder anderen Schwierigkeiten. Und wenn sie von nirgends kommen, dann hatten sie immerhin einen Beruf: Lehrer, Insektenforscher, Arzt, Pfarrer.

Nun war wohl Nabokov kein Insektenforscher, der auf dem Bauch dem Skarabäus nachkroch, und Benn hat sich als Arzt wohl nicht aufgeopfert wie Florence Nightingale, aber Kurt Marti war halt eben ein Pfarrer – ein netter Mensch also, ein bißchen tapfer und ein bißchen harmlos. So wollten seine Interpreten das immer wieder sehen – ein Pfarrer, der schreibt.

Daß dieser Pfarrer ein Theologe hätte sein können, ein Mann, der mit Sprachen umgeht, Latein und Griechisch und Hebräisch und Aramäisch, ein Mann, der an das Wort glaubt, an die Schrift glaubt – mit der Schrift umgeht, mit der Heiligen Schrift zum Beispiel, interessierte nur wenige. Man versuchte immer wieder den sprachgewaltigen Expressionisten Marti ins Biedermeier zurückzudrängen. Man versuchte aus dem klaren Formalisten einen niedlichen Ziseleur zu machen. Beim Wieder- und wieder- und wiederlesen von Martis «Leichenreden» – sie haben mich ein Leben, ein halbes Leben lang begleitet – sind sie mir mehr und mehr zur Sprache an und für sich geworden, zum unbestechlichen «Es steht geschrieben».

«Welche Wohltat / einmal auch sagen zu dürfen: / nein er war nicht tüchtig ...», da atmet nicht einfach nur ein lügengeplagter Pfarrer auf, sondern eine lügengeplagte Sprache: Klartext – Tod, das gibt es.

Kurt Martis Schreiben war immer experimentell. Es geht ihm nicht darum, schöne und rührende Geschichten zu erzählen, wenn sie auch der Leser durchaus so verstehen kann. Sprache ist bei Marti nicht einfach nur ein Medium. Sprache ist bei ihm das Maß. An ihr versucht er die Dinge des Lebens zu messen – die Dinge werden zum Wort.

Bei kaum einem anderen habe ich so viel gelernt – damals vor vierzig Jahren, als es in Bern so etwas gab wie eine trotzige Gegenliteratur. In kleinen Kreisen wurde sie zelebriert: Peter Lehner, Jörg Steiner, Ernst Eggimann, Sam Jaun, Walter Vogt und viele andere mehr. Wir waren unsere Zuhörer, und wir waren unter uns, und an Erfolge in der richtigen Literatur dachten wir nur im Scherz. Wir führten keinen Kampf für oder gegen etwas. Wir schrieben unsere kleinen Dinge und lasen uns gegenseitig vor. Von einer jungen Schweizer Literatur sprach noch niemand, oder sie war bereits endgültig besetzt durch Frisch und Dürrenmatt. Daß unsere Literatur keine erfolgreiche werden konnte, war uns selbstverständlich.

Wir schrieben in einer kleinen, fast in sich selbst geschlossenen Welt. Und viele von uns schulten sich an den Texten von Marti. Er war zwar weder ein Lehrer noch ein

Guru – er war etwas wie die Mitte, und wir bewegten uns immer wieder auf ihn zu.

Als dann plötzlich einige von uns etwas sichtbarer wurden, als plötzlich von einer jungen Schweizer Literatur gesprochen wurde – war das, was wir selbst stolz und eitel für die Literatur hielten, zu Ende. Die Lesungen in Bern wurden seltener, die verschworenen Kulturkreise und Kulturkeller schlossen.

Und mir scheint, Kurt Marti ist sich als einziger treu geblieben. Er ist für mich der letzte Zeuge einer Literatur, die damals hätte werden können. Er ist der große Meister dieser Literatur. Am Anfang war das Wort – er kann nicht anders.

Ich staune beim Wiederlesen der «Leichenreden», wie neu, wie überraschend neu sie geblieben sind. Die reine Form kann keinen Staub ansetzen.

Peter Bichsel

Leichenreden

Am Anfang des menschlichen Lebens steht die befruchtete Eizelle, ein winziges Gebilde von etwa ½ mm Durchmesser und ¹⁄₂₀₀ mg Gewicht.

Zeitschriftenaufsatz

Alles ist Wunder
Alles außer dem Tod –
Gesegnet der Tod, der das Ende aller Wunder ist.

Manuel Bandeira

es ist ein wunder
was ist ein wunder?

gezeugt zu werden
zu zeugen
geboren zu werden
zu gebären
gelebt zu werden
zu leben
geschaffen zu werden
zu schaffen
geträumt zu werden
zu träumen
geliebt zu werden
zu lieben
gebraucht zu werden
zu brauchen
gedacht zu werden
zu denken
gefühlt zu werden
zu fühlen
gestorben zu werden
zu sterben

es ist ein wunder
ist es ein wunder?
es ist

Volkskirche = Volks-Eigener-Bestattungsbetrieb?

Gerhard Debus

Er (der Pfarrer) ist zunächst «nolens volens» Funktionär des Brauchtums, und zwar amtiert er als «Zeremonienmeister». Dieser Begriff enthält nichts Abschätziges. Wenn wir einmal eingesehen haben, daß jeder Mensch auf die Hilfe der Gesellschaft und ihrer Riten angewiesen ist, sträuben wir uns nicht dagegen, daß das Zeremoniell einen Leiter haben muß, der seinen Ablauf mit Befehlsworten, Gesten und Symbolen lenkt und es mit der Rezitation von traditionellen oder originalen, aber situationsgerechten Texten bereichert. Der Dienst des Zeremonienmeisters ist bei dieser Veranstaltung so wichtig wie der des Totengräbers oder des Wirtes, der das Beerdigungsmahl zubereitet.

Walter Neidhart

das largo von händel
ist wie
das largo von händel

ein cello
ist wie
ein cello

eine trauerfeier
ist wie
eine trauerfeier

eine abdankungspredigt
ist wie
eine abdankungspredigt

ein gebet
ist wie
ein gebet

ein zuspruch
ist wie
ein zuspruch

Alle, die mich auf dem letzten Gang begleiten, sollen nur während der Predigt und der Versenkung der Urne besinnlich sein. Danach ist Gemütlichkeit und Humor an der Reihe. Ich habe bei Frau Jenni in der ›Grünegg‹ ein Säli reserviert und im voraus ein Zvieri mit Hamme und natürlich einen rechten Tropfen Roten bezahlt. Da denkt alle an mich zurück, indem ihr bei Frohsinn und Geselligkeit meine Geschichten auffrischt. Zum Abschluß des Mahls, das wünsche ich mir ausdrücklich, singt für mich noch einmal ›Wie die Blümlein draußen zittern‹. Ich werde mein liebstes Lied hören.

Letztwillige Verfügung von Karl (Kari) Dällenbach,
Coiffeurmeister und Stadtoriginal in Bern,
kremiert am 12. August 1931

laßt
die toten ihre toten begraben
aber
die toten sind in den streik getreten
sie fordern mitbestimmung und kürzere ferien
so bleibt uns keine andere wahl
wir müssen die arbeit selber besorgen

laßt
die toten ihre toten begraben
aber
wir sind nach der arbeit
herzlich zum leichenmahle geladen
schon werden die tische im hirschen gedeckt
der wein ist bereit der schinken geschnitten

laßt
die toten ihre toten begraben
aber
wir wollen uns mit dem leben verbrüdern
mit onkeln und tanten mit vettern basen und
freunden
so kommt denn und laßt uns zusammen
tafeln und trinken reden und lachen

Sonderbares Leben:
Bruchstücke eines Textes in den beständig andere
Bruchstücke eingeschoben werden.
Aber welches ist der richtige Text?

Helmut Heißenbüttel

Der Gesang der Schöpfung erhebt sich aus
den Trümmern irdischen Bemühens.

Henry Miller

die stühle
auf denen wir sitzen
sind nicht
die stühle der propheten
oder apostel

die stühle
auf denen wir sitzen
sind nicht
die stühle des letzten
oder vorletzten gerichts

die stühle
auf denen wir sitzen
sind
die stühle der gesellschaft
für feuerbestattung

Ferner erzählte er von einer Kirche in Brescia, dort gebe es ein Bild von einem Anonymus des 14. Jahrhunderts, auf dem nicht ein Gekreuzigter zu sehen sei, sondern hundert. Das Bild möchte ich sehen. Das ist ein genialer Gedanke. Auflösung der Dogmatik in lebendige Wirklichkeit.

Werner Kraft: Gespräche mit Martin Buber

Die Welt wird kleiner. Vergiß es nicht. Sonst kann es dir passieren, daß du meinst, weit vom Schuß zu sein, und du stehst vor dem Pistolenlauf.

Walter Serner

in dieser stunde des abschieds
da rund 2854 menschen an hunger sterben
überall in der welt
da napalm vom himmel herabfällt
in vietnam
da kinder im arm ihrer mütter verenden
in biafra
da menschen gejagt sind wie flüchtiges wild
im südlichen sudan
da leute verhört und in ohnmacht getrampelt werden
im lager dionys bei athen
da flieger eine siedlung mit bomben belegen
in portugiesisch-angola
da ein häftling in seiner zelle erwürgt wird
in haiti
in dieser stunde des abschieds
lasset uns glücklich preisen
jeden
dem in frieden zu sterben vergönnt

1968

Ich sehe seither alles ganz anders. Ich gehe manchmal durch die Straßen und schaue mir jedes Tor an, jeden Stein, jeden Eingang. Ich nehme diese Anblicke in mich auf, so intensiv, als ob ich sie nie wieder hergeben oder vergessen wollte.

Christine Skinner (35), tödlich an Krebs erkrankte Hausfrau und Mutter in der Sendung «Leben mit dem Tode» des BBC-Fernsehens 1966

Wenn ich gestorben bin, sagt dem süßen Königreich Erde, daß ich es mehr geliebt habe, als ich je auszusprechen wagte.

Georges Bernanos

Wir sollten versuchen, den Menschen eine Vorstellung von der Schönheit des Lebens zu geben.

Julian Beck (The Living Theatre)

augen wir haben noch augen
braucht eure augen
und danket gott
weil ihr noch sehen könnt
ohren wir haben noch ohren
braucht eure ohren
und danket gott
weil ihr noch hören könnt
köpfe wir haben noch köpfe
braucht eure köpfe
und danket gott
weil ihr noch denken könnt
münder wir haben noch münder
braucht eure münder
und danket gott
weil ihr noch reden könnt
hände wir haben noch hände
braucht eure hände
und danket gott
weil ihr noch greifen könnt
lungen wir haben noch lungen
braucht eure lungen
und danket gott
weil ihr noch atmen könnt
beine wir haben noch beine
braucht eure beine
und danket gott
weil ihr noch gehen könnt

hier der tote geht nicht mehr

Der von Gott geordnete Inhalt des menschlichen Lebens ist Freude. Es ist kaum ein Wort, das so im Mittelpunkt des Alten Testamentes stünde, wie das Wort Freude.

Ludwig Köhler

La virtud tenía cara alegre (Die Tugend trug ein frohes Gesicht).

Amedo Nervo über das Leben in den mexikanischen Klöstern des 17. Jahrhunderts

Neues Vergnügen bildet sich nicht durch längeres Leben.

Lukrez

wenn ich gestorben bin
hat sie gewünscht
feiert nicht mich
und auch nicht den tod
feiert DEN
der ein gott von lebendigen ist

wenn ich gestorben bin
hat sie gewünscht
zieht euch nicht dunkel an
das wäre nicht christlich
kleidet euch hell
singt heitere lobgesänge

wenn ich gestorben bin
hat sie gewünscht
preiset das leben
das hart ist und schön
preiset DEN
der ein gott von lebendigen ist

Der Mensch ist zur Freude, nicht zum Leiden geschaffen.

Friedrich Christoph Oetinger

Die Resignation, wie sie viele Christen glauben im Namen Gottes haben zu müssen unter der Last der Übel, ist nicht christlich. Ich bin deswegen nicht ganz einverstanden mit dem Spruch, den man Kranken oft ins Zimmer hängt: «Ich muß leiden, ich kann leiden, ich darf leiden, ich will leiden.» Das ist nicht wahr – ich will nicht! Das ist eine verzwungene Geschichte. Das hätte der Heiland nie gesagt – er sagt nur: «Ich ergebe mich», aber es ist ein stiller Protest darin.

Christoph Blumhardt

Der begriffene Gott ist immer ein Surrogat oder ein Götze.

Ernst Gaugler

sie war
eine schwer geprüfte frau:
                    wer hat sie so schwer geprüft?
sie war
eine schwer geprüfte frau
und beispielhaft tapfer
durch ihren glauben:
                    der herr hat mich geprüft
sie war
eine schwer geprüfte frau
nun ist
die prüfung zu ende:
                    der herr hat sie erlöst
sie war
eine schwer geprüfte frau
doch hüten wir uns
ihr kostenlos nachzureden:
                    der herr hat sie geprüft
sie war
eine schwer geprüfte frau –
doch was für ein herr
der um zu prüfen uns jahrelang quält!
                    hat der herr sie geprüft?
sie war
eine schwer geprüfte frau
und um kein falscher zeuge zu werden
sage ich nur:
                    der herr hat sie erlöst
sie war
eine schwer geprüfte frau:
                    wer hat sie so schwer geprüft?

Wir sind Protestleute gegen den Tod.
Christoph Blumhardt

dem herrn unserem gott
hat es ganz und gar nicht gefallen
daß gustav e. lips
durch einen verkehrsunfall starb

erstens war er zu jung
zweitens seiner frau ein zärtlicher mann
drittens zwei kindern ein lustiger vater
viertens den freunden ein guter freund
fünftens erfüllt von vielen ideen

was soll jetzt ohne ihn werden?
was ist seine frau ohne ihn?
wer spielt mit den kindern?
wer ersetzt einen freund?
wer hat die neuen ideen?

dem herrn unserem gott
hat es ganz und gar nicht gefallen
daß einige von euch dachten
es habe ihm solches gefallen

im namen dessen der tote erweckte
im namen des toten der auferstand:
wir protestieren gegen den tod von gustav e. lips

Unser Glaube ist die Auferstehung der Toten.
Tertullian

Ewigkeit, der größte der Götzen, Gottes gefährlichster Konkurrent.
Gilbert Keith Chesterton

ihr fragt
wie ist
die auferstehung der toten?
ich weiß es nicht

ihr fragt
wann ist
die auferstehung der toten?
ich weiß es nicht

ihr fragt
gibts
eine auferstehung der toten?
ich weiß es nicht

ihr fragt
gibts
keine auferstehung der toten?
ich weiß es nicht

ich weiß
nur
wonach ihr nicht fragt:
die auferstehung derer die leben

ich weiß
nur
wozu Er uns ruft:
zur auferstehung heute und jetzt

Ja, Tod, du bist eine eigene Sache, du Tod du! – Schauerlich durch Rätselhaftigkeit, und wärst vielleicht noch schauerlicher, wenn das Rätsel gelöst wär.

Johann Nepomuk Nestroy

Traue den Reden des Todes nicht! Seine dir zugewandte Wahrheit ist Schweigen.

Ludwig Strauss

was kommt nach dem tod?
nach dem tod
kommen die rechnungen
für sarg begräbnis und grab

was kommt nach dem tod?
nach dem tod
kommen die wohnungssucher
und fragen ob die wohnung erhältlich

was kommt nach dem tod?
nach dem tod
kommen die grabsteingeschäfte
und bewerben sich um den auftrag

was kommt nach dem tod?
nach dem tod
kommt die lebensversicherung
und zahlt die versicherungssumme

was kommt nach dem tod?

Ist das Leben des Individuums nicht vielleicht ebensoviel wert wie das des ganzen Geschlechts? Denn jeder einzelne Mensch ist schon eine Welt, die mit ihm geboren wird und mit ihm stirbt. Unter jedem Grabstein liegt eine Weltgeschichte.

Heinrich Heine

Mit dem Tod finden wir uns alle ab; womit wir uns nicht abfinden, das ist das Leben.

Graham Greene

wie er sprach
als er sprach
so:
dieser sack
mit 60 steinernen jahren
ich dieser sack
mit 60 jahren
die ich nicht lebte
mit 60 toten steinen
im sack
der mir zu schwer wird
ich dieser sack
und nun
die risse im sack
der 61. stein –
es ist wie ich sage
wenn ich dir sage:
ich dieser sack

und wir glaubten
wer immer
so redet
der tut es
nicht

er
aber
tats

Regardez-vous, vous êtes tristes.

Pariser Mauerinschrift
Mai 1968

Wie komme ich dazu, immer etwas sein zu müssen, anstatt ganz einfach zu sein?

Heinrich Zimmer

Nimm meine kleinliche miese Tugend von mir.

Ingmar Bergman

betrauern wir diesen mann
nicht weil er gestorben ist
betrauern wir diesen mann
weil er niemals wagte
glücklich zu sein

betrauern wir diesen mann
der nichts war als arbeit und pflicht
betrauern wir diesen mann
weil er immer getan hat
was man von ihm verlangte

betrauern wir diesen mann
der nie mit der faust auf den tisch schlug
betrauern wir diesen mann
weil er nie auf das urteil anderer pfiff
und einfach tat was ihm paßte

betrauern wir diesen mann
der fehlerfrei funktionierte
betrauern wir diesen mann
weil er streit und frauen vermied
und heute von allen gerühmt wird

betrauern wir diesen mann
nicht weil er gestorben ist
betrauern wir diesen mann
weil er war wie auch wir sind –
betrauern wir uns

L'ennui pleure.

Pariser Mauerinschrift
Mai 1968

Die Tendenz, den Mangel an Glücksgefühl und Befriedigung zu verdrängen, wird stark unterstützt durch das weitverbreitete Gefühl, Unzufriedenheit mit dem Leben bedeute, man sei «mißraten», ein Sonderling, erfolglos und so fort. (So ist zum Beispiel die Zahl der Personen, die sich bewußt für glücklich verheiratet halten und bei Umfragen diesen Glauben aufrichtig aussprechen, weit größer als die Zahl derer, die in ihrer Ehe wirklich glücklich sind.)

Erich Fromm

es war eine gute ehe
sie blieben sich treu
es war eine gute ehe
nicht das geringste geschah
es war eine gute ehe
die stark war wie stahl
es war eine gute ehe
die still war wie stein
es war eine gute ehe
nicht das geringste geschah
es war eine gute ehe
jetzt ist das gefängnis gesprengt

Ein neues Gesetz gebe ich euch: Keiner befiehlt!
Ludwig Derleth

Le vent se lève – il faut tenter de vivre.
Pariser Mauerinschrift
Mai 1968

als sie mit zwanzig
ein kind erwartete
wurde ihr heirat
befohlen

als sie geheiratet hatte
wurde ihr verzicht
auf alle studienpläne
befohlen

als sie mit dreißig
noch unternehmungslust zeigte
wurde ihr dienst im hause
befohlen

als sie mit vierzig
noch einmal zu leben versuchte
wurde ihr anstand und tugend
befohlen

als sie mit fünfzig
verbraucht und enttäuscht war
zog ihr mann
zu einer jüngeren frau

liebe gemeinde
wir befehlen zu viel
wir gehorchen zu viel
wir leben zu wenig

Wenn der Mensch geboren wird, hat er die Hände zusammengeballt, als wollte er sagen: «Ich erobere die Welt.» Wenn er stirbt, sind seine Hände ausgestreckt, als wollte er sagen: «Ich habe nichts zurückbehalten, alles gehört Dir, o Gott.»

Midrasch (rabbinische Schriftauslegung)

Je glücklicher einer ist, um so leichter kann er loslassen.

Dorothee Sölle

ich habe die guten tage genossen
und also kein recht
jetzt über die bösen tage zu klagen

so sprach er
ein schüler hiobs
und kohelets
die er beide
freilich nicht kannte
so sprach er
aus eigener einsicht
nicht allzu häufig
spricht einer wie er

ich habe die guten tage genossen
und also kein recht
jetzt über die bösen tage zu klagen

so sprach er
der früher
aus seinem leben
das beste gemacht hat
so sprach er
der jetzt
im sterben
das schlimmste verschwieg

ich habe die guten tage genossen
und also kein recht
jetzt über die bösen tage zu klagen

so sprach er
der nun
verstummt ist

Oh, nur eine freie Seele wird nicht alt!

Jean Paul

Ein feiner Mensch liebt nicht den lauten Mumpitz.

Jakob van Hoddis

sie hat nicht von sich reden gemacht
sie war in keinem verein
sie wurde geboren
besuchte die schule
welschland wie üblich
coiffeuse sodann
sie heiratete später
gebar ihm zwei kinder
verlor ihn wieder
und war wie man sagt
eine gute gattin und mutter

aber wer spricht
von der lustigkeit ihrer augen
wer redet davon
wie wohl es uns tat
nur schon die anmut zu sehen
mit der sie das haar
aus der stirne sich strich
oder wer erklärt
die magische kraft
ihrer einfachen worte
und wer beschreibt
den beweglichen zauber
der kleinen tüchtigen hände
oder wer lobt gott
für das geschenk
ihres herzhaften lachens?

sie hat nicht von sich reden
sie hat zwei oder drei männer
sie hat ihren gatten
sie hat ihre kinder
sie hat sich selber glücklich gemacht

und das
ist mehr als wir denken

Rêver à la Suisse.

Französische Redensart, die soviel bedeutet wie: «an nichts denken»

Tirily! Tirily! Ich lebe! ich fühle den süßen Schmerz der Existenz …

Heinrich Heine

O Faulheit, erbarme Du Dich des unendlichen Elends! O Faulheit, Mutter der Künste und der edlen Tugenden, sei Du der Balsam für die Schmerzen der Menschheit!

Paul Lafargue

welche wohltat
einmal auch sagen zu dürfen:
nein er war nicht tüchtig
und wechselte oft die stelle
nein er war nicht fleißig
und arbeitete nur
sofern es nicht anders ging

sonst aber
las er lieber SPORT oder PLAYBOY
setzte sich nachmittags schon ins kino
(EDDIE CONSTANTINE war sein liebling)
schlürfte cognac in straßencafés
meditierte die anmut der frauen
oder die tauben am turm

im frühling fuhr er
durch zart- und frechgrünes Land
den sommer verlag er
gut geölt und behaglich im schwimmbad
später im herbst dann streifte er
manchen stillen waldrand entlang
ehe er für den winter
eine beschäftigung suchte
und eine freundin
weil er die festferientage
nicht allein zu verbringen liebte

welche wohltat
in einer welt
die vor tüchtigkeiten
aus den fugen gerät:
ein mann der sich gute tage
zu machen wußte
ehe nach einigen bösen
jetzt
der letzte tag für ihn kam

Nichts nimmt sich der Mensch so leicht heraus als Raten, und nur Einer kann raten: Gott.

Peter Hille

Die Rätsel Gottes sind befriedigender als die Lösungen der Menschen.

Gilbert Keith Chesterton

es hat nie
an leuten gefehlt
die ihn
auf den besseren weg
zu bringen versuchten
es braucht sich
niemand
einen vorwurf zu machen

er aber wich
seinen ratern und rettern
geflissentlich aus
und wählte
meistens
den schlechteren weg –
oder was wir
den schlechteren nennen

bleibt uns die frage:
ob vielleicht
der schlechtere weg
für ihn
der bessere war?

In jedem fetten Mann sitzt ein dünner gefangen, der mit wilder Zeichensprache darum bittet, herausgelassen zu werden.

Cyril Connolly

Schlankheit gefällt wegen des besseren Anschlusses beim Beischlaf.

Georg Christoph Lichtenberg

Vielleicht ist Gott überhaupt eine Frau. Wer weiß das Gegenteil?

Ingmar Bergman

wer kennt schon
die not eines überaus dicken mädchens?

man sagt:
nun ja – doch sie hatte ein gutes herz

stets braucht die gesellschaft
dicke mädchen mit guten herzen
in heimen spitälern kantinen
in fabriken geschäften büros

doch manchmal
möchten auch ihre herzen
verrückt und geliebt
statt immer nur gut sein

dann träumen sie liebe
in wetterleuchtenden farben
liebkosen den einsamen körper
abends im traurigen bett
mit den fühlsamen händen
des zärtlich erdachten freunds

später verschließen sie
solche träume tief in ihre enttäuschung
und versuchen so tapfer als möglich
gut und gütig zu bleiben
statt böse und bitter zu werden

doch wer kennt schon
die heimlichen kämpfe
der überaus dicken mädchen
die man zur rolle bestimmt hat
gut und selbstlos zu sein?

ach wäre ein gott
ach wäre ein gott
der fleisch wird im fleisch
eines überaus dicken mädchens

Auch in Zeiten der Hochkonjunktur gibt es verborgene Not.

Zeitungsartikel

Für die Leidenden denken, die gequält sind, die keine Zeit besitzen zu denken.

Carl Einstein

ärzte spitäler operationen
spitäler operationen ärzte
operationen ärzte spitäler
spritzen medikamente kuren
medikamente kuren spritzen
kuren spritzen medikamente

dazu: haushalthilfen
pfleger und pflegerinnen

die krankenkasse zahlte schon lange nicht mehr

ein kampf
um jahre monate wochen tage
kümmerlich köstlichen daseins

doch jetzt
ist der kampf zu ende
und jetzt
ist ihr mann bankrott

wie lange noch bleibt
so schwere krankheit ein luxus
den gott nur überaus reichen
sollte gestatten dürfen?

Der Mensch ohne den Mitmenschen ist nicht der Mensch, sondern das Gespenst des Menschen.

Karl Barth

O Gary Cooper
warum starbst du an Krebs
und als alter Mann dazu?

Aram Boyajin

wir trauern um oberst hans geer:

nachdem er lahm und hilflos geworden
ließen ihn seine freunde
die offiziere mit denen er
für armee und korpsgeist verschworen
schon bald
sehr bald schon
im stich

keiner mehr der ihn besuchte
der erinnerungen tauschte mit ihm
der ihn stützte auf kurzem spaziergang
oder nur schweigend neben ihm saß

tagelang jahrelang
blieb er von seinen freunden vergessen
weinte oft vor sich hin bis als einziger
jetzt der tod sich seiner erbarmt hat

sterblich zu sein
ist bitter genug
am bittersten aber
daß selbst der tod zur gnade uns wird

Die Erdbevölkerung nimmt heute jeden Tag um 180 000 Menschen oder im Jahr um über 65 Millionen Menschen zu! Und diese Zahlen werden sich von Jahr zu Jahr erhöhen.

Prof. Pierre-André Tschumi 1968

Um das Jahr 2050 herum wird bei der jetzigen Entwicklung die Schweiz mit 24 bis 25 Millionen Menschen besiedelt sein.

Zeitungsartikel 1968

wir müssen platz machen
hat er gesagt
platz für die jungen
es sind zu viele menschen
es ist zu wenig platz auf der welt
hat er gesagt
und jetzt
hat er platz gemacht
seine wohnung wird frei
sein parkplatz steht zur verfügung
bald fährt ein anderer seinen wagen
er steigt in kein tram mehr
fremde sitzen am mittagstisch seiner wirtschaft
die rente kann zinstragend angelegt werden
ein neuer kunde findet beim zahnarzt zulaß
wir müssen platz machen
hat er gesagt
es ist zu wenig platz auf der welt

Eitelkeit ist das letzte Kleid, das der Mensch auszieht.
Ernst Bloch

Ich denke wieder an Spanien. Als Präsident Azana im Sterben lag – es war, glaube ich, in Andorra – sagte er: ›Wie heißt jenes Land, Sie wissen schon, jenes Land, dessen Staatsoberhaupt ich war …‹
André Malraux

er wurde alt
und vergaß
was ist

er wurde alt
und wußte
nur noch
was früher gewesen

er wurde alt
und vergaß
was früher gewesen

er wurde alt
und vergaß
vorgestern
sich selbst

er wurde jung
jetzt da er
auch das vergessen
vergaß

Das tätige Leben ist Fron der Ausgebeuteten geworden und unaufhörlicher Umtrieb, den die Profitmacher sich selber machen.

Ernst Bloch

Man kann die Natur der Entfremdung nicht voll und ganz einschätzen, ohne … einen spezifischen Aspekt des modernen Lebens in Betracht zu ziehen: das Routinewesen und die Verdrängung des Innewerdens der Grundprobleme der menschlichen Existenz … Der Mensch hat sein tägliches Brot zu verdienen, und das ist immer eine mehr oder weniger voll in Anspruch nehmende Aufgabe.

Erich Fromm

«während 39 jahren
war sie uns
eine zuverlässige mitarbeiterin»
(schreibt die direktion des textilunternehmens)

während 39 jahren
tag um tag
am mechanischen webstuhl
die ohren voll lärm
die lunge voll staub
in holzpantinen auf naßkaltem boden

und dennoch
lebte sie fröhlich
war ohne bitterkeit
betreute ihre familie
und sang sopran
im gemischten chor

mich machte ein solches leben
nach einem monat schon
fertig

doch ihr
hatte selbst
der euphemismus
«MIT-arbeiterin»
niemals ein bitteres lachen
entlockt

mir ist das so unbegreiflich
wie brot vom himmel
wie wein aus wasser
wie leben aus tod

Ferner sagte Rabbi Elasar: Jeder Mensch, der kein Land hat, ist eigentlich kein Mensch, denn es heißt: Die Himmel sind die Himmel des Herrn, die Erde aber gab er den Menschenkindern.

Talmud

Am privaten Bodenbesitz, dem größten Hemmschuh einer freiheitlichen Planung, wagt niemand etwas zu ändern: Keine der gesetzgebenden Körperschaften, keine der Parteien.

Aus dem Film «Stadtmodelle» von Erwin Mühlestein

sein leben
war arbeit
arbeit auch
in der freizeit

und dennoch
hat er sein ziel
das eigene heim
erst heute erreicht

denn rascher
als die ersparnisse
wuchsen die preise
von boden und bau

jetzt aber
ist er am ziel
im eigenen heim
in der urne aus ton

jetzt hat er
für zwanzig jahre
ein fleckchen erde
für sich und die frau

hier ruhe er nun
in frieden

Statt aus dem Tiere sich den hilfreichen Gefährten zu schaffen, die Kreatur zu lieben und für sie das Paradies zu ersehnen, ist der Mensch ein Zerstörer der heimlichen Kräfte und Widerdämon der Gottnatur geworden.

Ludwig Derleth

Heut nacht will ich verehren den äthiopischen Christus
Denn ich bin geschaffen nach seinem bilde,
Roh und schwarz
Und des weißen mannes Christus stößt mich ab.

Constantine Trypanis

es trauern die kynologen
ein hundefreund ging dahin
züchter von hohem verdienst

es trauern die kynologen
denn niemand dressierte wie er
deutsche schäfer scharf auf den mann

es trauern die kynologen
es trauern seine kunden zuhauf
im norden und süden in west und in ost

wo immer man menschen jagte
vom kongo bis nach vietnam
da waren seine hunde am mann

wir werden ihn nicht vergessen

Der Tod tötet dich nicht, bist du dir nicht selber der Tod.

Augustinus

Denn Nichtlieben ist Tod und Lieben ist Leben.

Raimundus Lullus

wir hassen
und haben
oft wenig grund
zum haß

er haßte
und hatte
genügend grund
zum haß

er starb
und im sterben
vergaß er
den haß

wir leben
und um den haß
zu vergessen
werden wir sterben

Die Auferstehung Christi von den Toten ist in der Religionsgeschichte analogielos, aber die apokalyptische Weltverwandlung zu einem noch völlig Unvorhandenen findet außerhalb der Bibel nicht einmal eine Andeutung.

Ernst Bloch

Wenn aber das Wehen des heiligen Geistes
das Volk, den großen Paria der Geschichte, ergreift ...

Ludwig Derleth

La mort est nécessairement une contre-révolution.

Pariser Mauerinschrift
Mai 1968

das könnte manchen herren so passen
wenn mit dem tode alles beglichen
die herrschaft der herren
die knechtschaft der knechte
bestätigt wäre für immer

das könnte manchen herren so passen
wenn sie in ewigkeit
herren blieben im teuren privatgrab
und ihre knechte
knechte in billigen reihengräbern

aber es kommt eine auferstehung
die anders ganz anders wird als wir dachten
es kommt eine auferstehung die ist
der aufstand gottes gegen die herren
und gegen den herrn aller herren: den tod

Heiliger Spartacus, bitte für uns!

Johann Gottfried Seume

Daß ein guter Mensch an die Wand gestellt werden kann, ist eine altbekannte Tatsache; daß aber Gott ans Kreuz geschlagen werden kann, das gereicht allen Insurgenten aller Zeiten zum Ruhm. Das Christentum ist die einzige Religion der Welt, die gefühlt hat, daß Allmacht Gott unvollständig machte. Das Christentum allein hat gespürt, daß Gott, um ganz Gott zu sein, sowohl ein Rebell wie ein König gewesen sein muß.

Gilbert Keith Chesterton

ein armer teufel
so sagen wir
denen wohlstand ihr gott ist
und armut ein teufel
ein armer teufel
so sagen wir
von der verachtung
der armen gestraft
ein armer teufel
so sagen wir –
von reichen teufeln
ist niemals die rede
ein armer teufel
so sagen wir
und wissen nicht
was wir sagen
ein armer teufel
so sagen wir
und haben
vergessen daß
ein armer teufel
einst
jesus von nazareth
hieß
ein armer teufel
der nichts hinterließ
als das kleid
das er trug
ein armer teufel
der nichts hinterließ
als den aufstand der armen
in ewigkeit amen

Kurt Marti
im Verlag Nagel & Kimche

Neapel sehen
Erzählungen

256 Seiten, ISBN 3-312-00220-6

Kurt Marti ist ein Meister der knappen, unverblümten Rede. In *Dorfgeschichten, Bürgerliche Geschichten, Nachtgeschichten* erzählt er von Außenseitern, die unverschuldet an den Rand gedrängt werden, von arrivierten Bürgern, die plötzlich ihre Sicherheit verlieren, von skurrilen Typen, deren Wünsche, Träume, Launen sich erst nach Sonnenuntergang entfalten.

Unter der Hintertreppe der Engel
Wortstücke und Notizen

264 Seiten, ISBN 3-312-00221-4

Im fingierten Lexikon *Abratzky oder Die kleine Brockhütte* und in *Paraburi* zeigt sich Marti von seiner intellektuell-verspielten Seite: sprachlich voller Reiz und Spiellust, gedanklich voller Unberechenbarkeit und Klarheit. In *Zärtlichkeit und Schmerz* setzt sich Marti auf provozierende Weise mit unseren Gottesvorstellungen auseinander.

Turbulenzen und Träume
Tagebücher 1

304 Seiten, ISBN 3-312-00222-2

Seit den frühen 70er Jahren wird für Marti das Tagebuch zu einer wichtigen, persönlich variierten Form: zu einer Übung im Wahrnehmen der Welt. In *Politisches Tagebuch* und *Unruhe und Ordnung* wendet sich Marti entschlossen politischen Entwicklungen zu. Ein heutiger Leser entdeckt hier überrascht zwei hervorragende Beispiele für «Frühwarnsystem-Literatur».

Die Hoffnung geht zu Fuß
Tagebücher 2

272 Seiten, ISBN 3-312-00223-0

Kurt Marti ist ein Tagebuchschreiber von Rang. In *Tagebuch mit Bäumen* und *Högerland*, die zu Martis bekanntesten Werken gehören, gehen Literatur und Realität eine enge Verbindung ein. Beide Texte handeln vom Verhältnis Mensch und Natur, sie sind ein eindringliches Plädoyer für die Wiederentdeckung der Langsamkeit und einen schonenden Umgang mit der Natur.

Namenszug mit Mond
Gedichte

320 Seiten, ISBN 3-312-00224-9

Kurt Marti gilt als bedeutender Lyriker. Er hat die konkrete Lyrik mit politischen Inhalten verbunden, die Mundartlyrik «an die Weltsprache der Poesie angeschlossen», die religiöse Lyrik auf herausfordernde Weise von kirchlichen Konventionen befreit, eine Liebeslyrik von großer Schönheit geschaffen.

Im Sternzeichen des Esels
Sätze. Sprünge. Spiralen

190 Seiten, ISBN 3-312-00209-5

Auf die zurückhaltende Art, die für diesen Autor bezeichnend ist, versucht Kurt Marti eine ‹summa› zu Themen zu geben, die ihn ein Leben lang beschäftigt haben: das Verhältnis des Menschen zu sich selbst, zu Natur, zu ‹Mitleidenden›, zu Gott.